D1351101

ÉDITIONS DE LA PAIX

Pour la beauté des mots et des différences

LES CONTES

DE MA GRENOUILLE

ÉDITIONS DE LA PAIX

André Cailloux

Illustratrice
Lise Monette

LES CONTES DE

MA GRENOUILLE

Collection *RÊVES À CONTER*

Illustratrice *Lise Monette*

Conception des pages couvertures
Multi-concepts/FOCUS

© Éditions de la Paix
125, rue Lussier
Saint-Alphonse-de-Granby
Québec, J0E 2A0
Téléphone et télécopieur : (514) 375-4765

Dépôt légal : 4ᵉ trimestre 1995

Données de catalogage avant publication (Canada)

Cailloux, André, 1920-
    Les contes de ma grenouille
    Pour enfants de tous âges.
    ISBN 2-921255-35-9
    I. Titre.
PS8555.A45C63 1995   JC843'.54 C95-940829-0
PS9555.A45C63 1995
PZ23.C34Co 1995

Je dédie ce triple livre à celles et ceux
dont Virginie a développé l'appétit de connaître,
tout en les initiant aux joies et à la bienfaisante
respiration du rêve.

Grand-père Cailloux

PRÉFACE

Oyez ! Oyez ! Qu'on se le dise, qu'on le crie, qu'on le proclame : Virginie est revenue !

Ils étaient nombreux, je le sais, à parler d'elle, les soirs où l'enfance se rappelle à la mémoire. Nombreux à se demander si elle n'aurait pas encore des choses à dire aujourd'hui à ceux qui ont maintenant leur âge d'hier. Ah ! Virginie la rieuse, la curieuse, la douce grenouille des étangs de nos souvenirs !

Eh bien oui, elle a mille choses à dire. Choses d'histoire et de découverte, de ciel et de terre, de mer et de désert, de cœur et d'esprit. Virginie reprend avec Grand-Père le fil des conversations qui charmaient tous ceux qui tendaient l'oreille, pour entendre sa drôle de voix et son étrange rire.

Grand-Père nous la ramène. Pour nous raconter son origine, d'abord. Mais aussi pour nous parler encore de chez nous, de notre monde, de notre vie. Grand-Père sait entretenir avec Virginie le dialogue qui instruit et grandit quiconque veut bien l'écouter : les petits, en ouvrant grands les yeux, les plus grands, en faisant semblant de tout savoir. Ils goûtent ensemble au plaisir des mots qui habillent aussi bien le cœur que la raison.

Bonjour Grand-Père, bonjour Virginie. Je m'installe et je vous écoute.

Jean-Guy Dubuc

I

Les origines

d'un merveilleux talent

— Grand-père, grand-père !

C'est Philippe, un de mes petits-fils, qui vient de regarder un documentaire à la télévision et qui m'arrive, tout excité.

— Grand-père, figure-toi que l'équipe du commandant Cousteau a découvert d'énormes grenouilles dans les eaux salées de plusieurs lacs des États-Unis. Des grenouilles dans de l'eau salée ! Est-ce que c'est possible ?

— C'est très possible, mon garçon. C'est fort, la vie... ça ne lâche pas si facilement. On la voit s'adapter à toutes sortes de milieux. On a même remarqué que moins ses formes sont évoluées, plus elles sont résistantes et capables de s'adapter aux changements. Bien des personnes aimeraient pouvoir se mettre en hibernation, comme le font les grenouilles et les autres batraciens, qui passent la

Grand-père, Philippe et la folle du logis s'amusent à broder une histoire.

mauvaise saison congelés, et dont, pourtant, le cœur se remet à battre dès le retour du printemps. Mais nous, nous sommes des êtres humains, notre constitution est plus complexe que celle de ces animaux primitifs, ce qui nous rend plus fragiles.

    — Je comprends, dit Philippe, au printemps, notre cœur serait incapable de repartir et on se réveillerait morts !

    — Si tu veux... Mais puisque nous en sommes aux performances des grenouilles, sais-tu qu'il en existe une espèce qui s'est habituée à vivre dans le sable, aux abords des déserts ?

— Tu n'es pas sérieux ?

— Mais si, tout ce qu'il y a de plus sérieux ! Ce qui l'est moins, cependant, ce dont je suis moins sûr, c'est l'aventure qui est arrivée à l'une d'entre elles...

— Je te vois venir, grand-père, l'histoire que tu vas raconter à présent, c'est une histoire inventée !

— En plein ça ! C'est une histoire que, pour le plaisir, la folle du logis s'est amusée à broder.

— La folle du logis ?

— Eh oui ! La folle du logis, c'est le nom qu'on donne des fois à l'imagination.

— Ah bon ! Je t'écoute...

— Cela se passait dans le désert de Syrie, il y a très, très longtemps. Il faut remonter environ deux mille ans en arrière pour nous trouver à l'époque où tout cela est arrivé. Deux mille ans, ça peut paraître long et terriblement loin, mais sur les ailes de la pensée on peut s'y rendre dans le temps de le dire... Je compte jusqu'à trois, attention !

Un... deux... trois... nous y sommes !

Voici Grenouillette... C'est une toute jeune grenouille des sables et, comme toutes ses sœurs de la région, pour se mettre à l'abri des ardeurs du soleil, elle passe les heures chaudes de la journée au fond d'un trou qu'elle a creusé à l'ombre d'une grosse pierre. C'est là qu'elle attend le coucher du soleil.

Les nuits sont fraîches dans le désert, c'est alors que Grenouillette se risque à sortir de sa retraite, en quête de quelque nourriture. Peut-être te demandes-tu ce qu'on peut bien trouver à manger quand on habite un désert ? Grenouillette pourrait te répondre qu'entre les grains de sable se faufilent de minuscules araignées et plusieurs sortes d'insectes succulents. Et elle ajouterait que lorsqu'elle se promène, elle-même est obligée de se tenir sur ses gardes pour ne pas être dévorée par la vipère des sables ou le fennec, ce petit renard aux longues oreilles et au nez pointu.

C'est que le désert, contrairement à l'idée que s'en font la plupart des gens, ce n'est pas aussi désert qu'on pourrait se l'imaginer ! *Même que ce ne sera plus le désert du tout si ça continue comme ça !* se disait justement notre Grenouillette qui, au moment de rentrer chez elle, à la barre du jour, avait dû éviter de justesse deux énormes scorpions blancs qui se battaient pour les yeux de leur belle.

À présent, blottie confortablement dans sa demeure souterraine, elle commence à s'assoupir, quand elle sent le sol qui se met à vibrer. Ce n'est pas la première fois que ça se produit, et elle n'y prêterait pas attention si, en ce moment, cette vibration n'avait pas quelque chose de singulier. Au désert, les grands et brusques écarts de température entre le jour et la nuit font que les sables, parfois, se mettent à frissonner et leur mouvement se traduit par une sorte de plainte, comme si la planète gémissait d'avoir à subir des climats aussi difficiles. Grenouillette est habituée à entendre le désert crier, mais, ce matin, c'est autre chose. Ce qui lui parvient, c'est, atténué par la distance, un piétinement continu, accompagné d'une musique aigrelette qui s'arrête, repart, s'enroule et se déroule, ondule comme les dunes rouges sous le souffle brûlant du désert.

Une caravane ! J'ai trouvé, ce n'est qu'une caravane !

Mais voilà, cette caravane, au lieu de passer son chemin comme les autres, décide de faire halte. Et quel endroit précis choisit-elle pour bivouaquer ?

Eh oui ! En plein où Grenouillette a élu domicile. *Comme si la place manquait ailleurs !* bougonne-t-elle, *il y a quand même des gens qui ne sont pas gênés !*

Il faut la comprendre, allez donc faire la sieste et digérer tranquillement votre repas quand vous entendez au-dessus de votre tête un remue-ménage de tous les diables ! Et ça court, et ça crie... et ça se dispute... et ça enfonce des piquets...

Ce n'est pas la peine, se dit la pauvre Grenouillette, *partis comme on est partis, je ne fermerai pas l'œil de la journée ! Tant qu'à ne pas dormir, aussi bien voir ce qui se passe !*

Et comme elle est curieuse, elle sort prudemment la tête de son trou...

C'est tout juste si elle peut se retenir de lâcher un coâc de surprise. C'est sûrement la fin du monde, pense-t-elle. Le ciel s'est terriblement rétréci... et sa voûte, à laquelle ni le soleil ni la lune ni les étoiles ne sont restés accrochés, est devenue si proche de la terre que, pour l'empêcher de tomber tout à fait, on a dû la soutenir avec des poteaux, des poteaux comme les bédouins en mettent pour dresser leurs tentes... Mais... *c'est une tente ! Je suis sous une tente ! Je n'aurais jamais pensé que ça faisait cet effet-là d'avoir une tente au-dessus de la tête !*

Mais un bruit de voix se rapproche, quelqu'un soulève le pan de toile qui ferme l'entrée... Cachée entre deux énormes coussins, notre écornifleuse voit arriver deux humains portant un coffre. Ça doit être des jeunes, car ils ne sont pas aussi grands que ceux qu'elle a déjà aperçus près du point d'eau, quand ils donnent à boire à leurs chameaux. De plus, ils doivent venir d'un autre pays, car leur peau n'est pas brune, mais du plus beau noir. Ils ont placé le coffre sur un tapis et l'ouvrent avec beaucoup de précautions.

Un des deux lascars porte une flûte passée dans sa ceinture. *Pourvu que ce ne soient pas des charmeurs de serpents,* se dit Grenouillette, qui se souvient d'avoir déjà vu sortir d'un panier d'affreux reptiles se tortillant au son de la musique. Mais non, le coffre n'a pas l'air de contenir des bêtes dangereuses, ce qu'on en sort doit être très précieux cependant, parce que chaque objet est soigneusement enveloppé dans des étoffes chatoyantes.

— *Il va falloir encore astiquer tout ça*, fait le plus grand des deux garçons, en déballant un vase brillant comme un soleil.

— *Tu n'imagines quand même pas que nos Seigneurs maîtres vont offrir au nouveau roi des cadeaux encore tout couverts de la poussière du voyage !* réplique son compagnon.

— *Quant à ça, Zoar, tu as raison !* fait l'autre, *joue-nous donc un air de par chez nous, histoire de me donner du courage pendant que je frotte !*

16

S'asseyant sur ses talons, le dénommé Zoar porte sa flûte à ses lèvres et aussitôt, la tente s'emplit d'une musique merveilleuse, pendant qu'aux yeux extasiés de Grenouillette les trésors des mille et une nuits se dévoilent les uns après les autres... Ali Baba, dans la caverne des quarante voleurs, n'a certainement pas été plus ébloui.

Imaginez un coffret serti de pierres précieuses... Que peut bien renfermer un écrin qui à lui seul est déjà un joyau ? Si, en le nettoyant le garçon avait la bonne idée de l'ouvrir, on pourrait... Bravo ! C'est ce qu'il fait, justement...

Mais à cet instant, des cris se font entendre à l'extérieur de la tente. La musique s'arrête net et les deux petits hommes se précipitent pour aller voir ce qui arrive. Sans perdre une seconde, Grenouillette en profite pour sauter vers le coffret, mais dans son énervement elle calcule mal sa distance... tombe dedans, où un matelas d'herbes sèches la reçoit et clac ! sa chute fait se rabattre le couvercle ! Catastrophe ! la voilà dans le noir et elle a beau pousser de toutes ses forces, rien à faire pour sortir de là !

Un parfum très fort et très puissant la prend à la gorge et lui fait tourner la tête. Du dehors, des bribes de phrases lui parviennent faiblement, comme

— *L'étoile, l'étoile s'est remise en marche !*

— *Levons le camp !*

— *Pourvu qu'elle nous attende !*

De deux choses l'une, pense notre prisonnière, *ou bien c'est cette odeur qui me brouille la cervelle, ou bien ce*

sont les humains qui sont devenus fous ! Courir après une étoile ! A-t-on déjà vu ?

Mais elle se sent soulevée, secouée, roulée dans tous les sens... Puis, heureusement, cela se calme un peu. On la berce maintenant sur un rythme régulier qui lui donne une irrésistible envie de dormir. Ce balancement ondule avec les vagues dorées que quelque part, loin, loin au fond de la nuit, les mélopées sorties de la flûte du petit Zoar dessinent en arabesques musicales.

À demi consciente, notre héroïne n'a d'autre solution que de se mettre en léthargie, comme elle en a l'habitude

pendant les mois les plus durs de l'année, quand la séche-resse excessive rend la vie pratiquement impossible, même pour une grenouille du désert...

Pendant combien de temps a-t-elle dormi ? Nul ne saurait le dire... Toujours est-il que quelque chose d'insolite la réveille... Ah oui !...

Sa prison s'est entrouverte et, par la fente du couvercle légèrement soulevé, un peu d'air frais achève de la ranimer. Où peut-on bien être ? Voyons voir ; pas possible, elle rêve encore !

Un roi à barbe blanche, couronne sur la tête, est à genoux devant un bébé humain, qui repose entre les bras de sa maman. Le vieillard parle doucement, d'une voix profonde et, dans ses mains tendues, il tient des choses qui ressemblent à des morceaux de soleil.

Que le Roi de tous les rois, dit-il, *veuille bien accepter l'or, comme un cadeau venant des puissants de ce monde, car leur puissance s'incline devant la sienne.*

Pendant qu'il se relève péniblement, aidé d'un petit page, un homme de tenue modeste, qui semble veiller sur la maman et le bébé, a déposé la lumineuse offrande auprès de dons plus ordinaires déjà apportés par d'autres adorateurs. Plusieurs attendent encore, leur cadeau dans les mains. Ils ont probablement cédé leur place lorsque ce visiteur de marque s'est présenté.

Mais voici qu'un deuxième roi vient se prosterner à son tour, sa peau est noire et il tient une coupe d'où s'échappe une fumée bleue et odorante.

Ô Roi de tous les rois, fait-il, *comme un hommage qui monte du cœur de la créature vers son Créateur, reçois l'encens !*

C'est Zoar qui lui prend la coupe des mains et la dépose devant l'enfant et sa mère.

À ce moment, notre amie se rend compte que celui qui porte le coffret s'avance à son tour... ça y est, lui aussi va offrir son cadeau ! Qu'est-ce qu'on va dire quand on découvrira qu'une grenouille s'y tient cachée ? Pauvre elle ! Elle se voudrait ensevelie sous une montagne de sable !

Mais le donateur fait d'abord son compliment : *Ô Roi des rois et Seigneur de tous les seigneurs, voici la myrrhe, dont le parfum d'éternit...* L'orateur s'arrête net, car il vient d'ouvrir le coffret sur lequel tous les yeux sont fixés. Un grand silence plane sur l'assistance, un silence qui semble ne jamais devoir finir, un silence tel que Grenouillette a l'impression que tout le monde entend, comme elle, son petit cœur battre à tout rompre. Parmi ces gens qui, du plus riche au plus pauvre, se sont forcés pour apporter quelque chose au nouveau roi du monde, qu'a-t-elle à offrir, elle ? Rien, rien de rien ! Oh comme elle est malheureuse, et elle pleure, elle pleure, que ça en fait pitié !

Mais voilà que la Silencieuse, celle qui n'a pas dit un mot depuis le commencement de la cérémonie, voilà que s'adressant à notre petite amie, la Maman prend la parole... Sa voix est si douce, si musicale et caressante, que ce qu'elle dit devient presque une chanson :

Ma Grenouillette jolie,
de tous les plus grands trésors
ceux que mon Fils apprécie
sont d'abord, sont d'abord :
une âme claire et un cœur d'or !...

et elle soulève le bébé qui vient de se réveiller pour le présenter à la ronde.

Alors, le regard de Grenouillette ose plonger dans celui du petit Roi. Ce qu'elle rencontre dans ce regard, c'est une bonté... comme jamais elle n'aurait cru possible ! Une tendresse... à vous faire fondre l'âme... un sourire... qui fait

' *Dans une boule de verre, à la crèche, des grenouilles se regroupent pour former un sapin.*

que le chagrin s'évapore et qu'on se sent heureux, heureux, heureux !

Et pour manifester le bonheur dont elle se sent inondée, elle décide de claironner les plus formidables coâc, coâc qu'on ait jamais entendus depuis le début de la création... Mais au lieu de ça, ce qu'elle se surprend à crier distinctement, c'est :

Cher petit Roi,
cher petit Roi,
tu fais ma joie,
tu fais ma joie !

23

Quel coup de théâtre, une grenouille qui parle !

Alors, les écluses de l'allégresse sont ouvertes. Zoar, le premier, éclate de rire, et les bergers, qui se retenaient du mieux qu'ils pouvaient, partent à leur tour, et aussi les petits pages, et les chameliers et, la main devant la bouche, les Rois Mages eux-mêmes !

Philippe, qui rit aussi, me dit :

— Elle est amusante, ton histoire inventée, grand-père. Mais c'est bien la première fois que j'entends parler d'une grenouille qui s'est rendue à la crèche.

— Il y avait bien le bœuf et l'âne, pourquoi pas une grenouille ? Oh, à propos, tu n'en aurais pas connu une qui s'appelle Virginie ?

— Oui, à la télévision quand j'étais plus petit. Pourquoi ?

Eh bien, figure-toi que Virginie prétend que cette Grenouillette aurait été son arrière, arrière, arrière, arrière-grand-mère, et que c'est de cette lointaine ancêtre qu'elle tiendrait, par les caprices de la génétique, son don de la parole. Je ne sais pas trop s'il faut la croire, mais ce qui est certain, en tout cas, c'est qu'elle est bien la grenouille la plus bavarde que j'aie jamais rencontrée.

La preuve, c'est que je me demande si ce livre sera assez épais pour contenir tout ce qu'elle a voulu que je te raconte !

II

L'enfance mouvementée de Virginie

au lac Memphrémagog

Quand Virginie se met à raconter les souvenirs de sa petite enfance, je me sens incapable de démêler la vérité d'avec les fantaisies que son esprit inventif ne cesse d'y rajouter. Je ne pense pas d'ailleurs qu'elle soit consciente d'improviser ces broderies dont elle enjolive son récit. Ce qui m'amène à faire remarquer, en passant, qu'il y a bon nombre de grandes personnes qui, tout comme elle et sans s'en rendre compte, finissent par confondre ce qui leur est vraiment arrivé avec les fruits de leur imagination créatrice. C'est une illusion dont j'ai trop souvent moi-même été victime pour que j'ose reprocher à une naïve, mais sincère petite grenouille d'être tombée dans un piège aussi difficile à éviter.

Aussi loin que Virginie puisse reculer dans son passé, les toutes premières images qui lui viennent à la mémoire sont celles d'une grappe de petites boules transparentes accrochées à des touffes d'élodée, cette plante qui pousse dans l'eau et que pour cette raison on a classée dans la grande famille des algues.

— Tu ne me croiras pas, grand-père, me dit Virginie, mais j'habitais une de ces petites boules, c'était ma maison, une maison toute ronde et bien confortable.

— Je te crois volontiers, Virginie, presque tous les êtres vivants commencent justement leur existence dans une boule qu'on appelle un œuf.

Ma grenouille se met à rire :

— Vous n'allez pas me dire que vous aussi, vous avez commencé par habiter dans un œuf !

— Mais si !

— Voyons-donc, vous n'êtes pas sérieux !

— Tout ce qu'il y a de plus sérieux ! Seulement, cet œuf était bien plus petit que le tien, si petit même qu'il ne méritait pas d'être appelé un œuf. Pour les humains, comme pour les plantes, quand on veut rappeler sous quelle forme leur vie a commencé, on emploie un autre mot, c'est celui d'ovule.

— Ovule ?

— Oui, un ovule, c'est le premier minuscule grain de matière dont la vie se sert quand elle décide de fabriquer... une fleur, par exemple, ou bien le corps d'un petit bébé. Mais le bébé, lui, pour sortir du ventre de sa maman, attendra qu'il soit complètement formé... Avec ses deux bras, ses deux jambes...

— ... et sa tête, alouette ! poursuit Virginie qui adore les rimettes.

Hé bien, pour moi, tranche-t-elle, ça n'est pas du tout comme ça que ça s'est passé ! Dans mon œuf, j'avais déjà tous mes morceaux !

— Sans doute, mais tu ne ressemblais pas à ce que tu es devenue maintenant.

— Comment ça, je ne me ressemblais pas ?

— Non, ma chère... Les bébés grenouilles sont faits comme des petits poissons. Ils n'ont pas de pattes, mais une queue ! On les appelle des têtards.

La grenouillère

— C'est pourtant vrai, maintenant ça me revient ! J'avais l'air d'un poisson, un tout petit poisson noir qui tournait en rond dans son œuf transparent ! Je ne sais plus pourquoi, mais je frétillais de plaisir !

— C'était tout simplement le plaisir de te sentir en vie. On appelle ça, la joie de vivre.

— Une joie qui pétillait en bulles de musique, comme si des mots éclataient en dedans de ma tête et de mon cœur.

— Et qu'est-ce qu'ils racontaient, ces mots-là ?

— Ce qu'ils racontaient ? Euh... Attendez que je me souvienne :

> Je suis un têtard tout neuf
> à travers mon petit œuf,
> je vois les herbes bouger,
> je vois les poissons nager.
> Qu'on est bien dans la grenouillère
> je sens que je vais m'y plaire !

— Ça pourrait faire une jolie chanson, sais-tu, Virginie ?...

Mais je suppose que tu devais avoir hâte de sortir de ton œuf ?

— Oh oui, j'avais hâte ! Tout me faisait envie, les herbes du fond de l'eau étaient tellement tentantes ! Chaque jour, je prenais des forces.

— Qu'est-ce que tu mangeais ?

— Mais, le dedans de mon œuf ! et quand j'ai eu tout bien vidé et nettoyé, comme j'avais encore faim, j'ai grignoté tout ce qui restait de ma petite maison, le plancher, le toit, les murs, les fenêtres, tout !

— C'est ce qu'on appelle avoir de l'appétit !

— Ah, pour avoir de l'appétit, j'avais de l'appétit ! Et pas seulement pour satisfaire mon ventre. Je voulais aussi... comment dire ?...

— Tu voulais aussi satisfaire ton appétit de connaître ?

— C'est ça ! Je voulais découvrir le monde ! Mais j'ai eu une surprise ! Quand j'ai voulu nager au loin, je me suis aperçue qu'un petit fil me tenait rattachée aux herbes où ma maman avait pondu ses œufs !

— Et sais-tu pourquoi, il était là, ce petit fil ?

— Non ! Mais j'étais bien fâchée contre lui !

— Tu aurais dû, au contraire, lui être reconnaissante !

— De me retenir prisonnière ? Voyons donc, grand-père !

— Tu sais, Virginie, la vie est très intelligente. Quand on observe attentivement sa manière de procéder, on s'aperçoit qu'elle ne fait jamais rien sans raison. Un bébé têtard, ça a plus d'appétit et de curiosité que de cervelle. Qu'est-ce qu'il deviendrait si, faute d'avoir pris assez de force pour revenir à l'endroit où sa maman sait qu'il trouvera toujours sécurité et nourriture en abondance, qu'est-ce qu'il deviendrait, dis-moi, si, entraîné par le courant, il allait se perdre en eau profonde ?

— J'aime mieux ne pas y penser ! s'exclame Virginie que cette idée même fait frémir. C'est qu'il est grand, le lac Memphrémagog !

— En effet, il mesure plus de 50 kilomètres de long, et ce n'est pas partout, ni même sur toutes ses rives que les mamans grenouilles trouvent les marécages convenables à la ponte de leurs œufs !

— Je l'ai échappé belle, alors, constate Virginie. Comme ça, mon petit fil, peut-être qu'il m'a sauvé la vie ?

— C'est bien possible ! Mais tu as dû remarquer que plus tard, quand, à force de manger les jolies feuilles vertes des plantes aquatiques tu t'es sentie plus vigoureuse et plus performante pour nager, ton fil protecteur était devenu inutile ?

— Oui, tout d'un coup, il avait disparu ! Mais je voyais bien que plusieurs de mes frères et de mes sœurs restaient attachés, ils étaient encore trop petits pour nager comme ils le voulaient !

— Tandis que toi, tu pouvais enfin partir en reconnaissance !

— Et je ne m'en suis pas privée ! On était toute une bande de têtards à faire des explorations.

Laissez passer la patrouille
de tous les bébés grenouilles
qui tels des Christoph' Colomb
vont, ce ne sera pas long,
établir outre frontière
de nouvelles grenouillères.
Laissez passer la patrouille
de tous les bébés grenouilles !

On nageait... et on nageait... Jamais je n'aurais cru que c'était aussi grand, le monde, pas moyen d'en apercevoir le plus petit bout du commencement de la fin !

— Forcément, Virginie, la terre est ronde !
— Comme une grosse boule ?
— Comme une grosse boule. Si tu te promènes sur une boule tu auras beau chercher, tu ne trouveras ni commencement ni fin !

Clin d'œil à Christophe Colomb

— Bien oui, on tourne en rond. N'empêche qu'à force de tourner, on rencontre des choses tellement bizarres !

— Comme quoi, par exemple ?

— Imaginez une sorte de fleur transparente, ça se balance dans l'eau, ça a une couronne de bras qui bougent dans tous les sens, mais dès qu'on s'approche, oups, ça se replie et se ratatine jusqu'à devenir une petite perle de rien du tout, pas plus grosse qu'une goutte de rosée !

— Ce que tu viens de décrire là, c'est une hydre d'eau douce. Ce n'est pas une fleur, mais un animal. Avec ses bras, l'hydre attire dans sa bouche de minuscules parcelles de nourriture en suspension dans l'eau.

— Moi, je n'aurais jamais la patience d'attendre que mon repas arrive, j'aime bien mieux nager pour aller me gaver de tout ce qui me fait envie. Dans ce temps-là, rien ne réussissait à me rassasier, c'est bien simple, grand-père, plus je mangeais et plus j'avais faim.

— C'est que de grands changements étaient en train de s'opérer en toi. Tranquillement, le jeune têtard que tu étais se transformait en grenouille.

— Oui ! Au début je ne m'en apercevais pas, mais un beau matin, j'ai découvert que quelque chose se déchirait en bas de mon ventre. Je ne l'oublierai jamais, c'était une de mes pattes de derrière qui commençait à sortir. Et presque en même temps, une autre patte est apparue de l'autre côté.

— Pour nager, est-ce que c'était plus pratique ?

— C'était surtout pratique pour grimper sur les feuilles de nénuphars ou me pousser à la surface de l'eau. J'avais besoin d'y venir respirer de plus en plus souvent.

Virginie découvre un autre monde.

— Tu sais pourquoi ?

— Je ne me suis pas posé la question, c'était comme ça.

— Hé bien, tout simplement parce que tu avais maintenant des poumons. Tu ne respirais plus comme un poisson, mais comme une vraie grenouille ! Est-ce que tu étais contente ?

— Oh oui, grand-père et j'ai découvert qu'en dehors de l'eau, il y a tout un autre monde à découvrir... Mais figurez-vous qu'en allant retrouver des amis pour leur annoncer ce qui m'arrivait, j'ai eu la peur de ma vie !

— Comment ça ?

— J'ai failli être dévorée par Memphré, le monstre du lac.

— Tu as vu le monstre du lac Memphrémagog ?

— Oui, comme je vous vois ! Et de près, encore ! Rien que d'y penser, j'en ai la chair de poulet !

— On dit la chair de poule, Virginie, pas la chair de poulet.

— Laissez faire la différence ! C'est bien simple, j'ai cru que j'allais mourir sous le choc et que j'allais pousser mon dernier coassement. Imaginez une affreuse créature, avec de terribles moustaches, la tête plus grosse que le corps...

— Tiens, je croyais que Memphré avait une petite tête, au bout d'un long cou.

— On voit bien que ceux qui vous ont dit ça n'y connaissent rien ! Au contraire, ce qui rend Memphré encore plus effrayant, c'est qu'il n'a pas de cou justement !

— Vraiment ?

— Vous ne me croyez pas !

— Je te crois, mais qu'est-ce qui te rendait si sûre d'être en présence du fameux monstre ?

— Tous mes frères têtards se sauvaient en criant : *Au secours, c'est Memphré, il va nous dévorer !* Chaque fois que, comme un gouffre plein de nuit sa gueule s'ouvrait, un fort courant cherchait à nous entraîner à l'intérieur !

34

Et c'est malheureusement ce qui est arrivé à plusieurs de mes frères et sœurs, ils n'ont pas pu résister et ont disparu dans le ventre du monstre !

— Mais toi, tu as eu la vie sauve !

— Oui, j'ai réussi à me cacher derrière des roseaux, ça me faisait comme les barreaux d'une cage, ils étaient trop rapprochés pour que Memphré puisse m'attraper.

— Là, ma chère, tu m'étonnes, car je ne crois pas que de simples tiges de roseau auraient suffi à te protéger.

— Et pourquoi pas ?

— Parce que, d'après tous ceux qui ont eu la chance de l'observer, Memphré est si gros et lourd, que ce n'est sûrement pas le rempart de quelques roseaux qui t'aurait sauvé la vie.

Virginie me regarde avec des yeux agrandis par la surprise.

— Vous avez l'air de dire qu'il y a des gens qui ont vu le monstre du lac et qui en ont réchappé ? Je croyais que j'étais la seule !

— Tu sauras, ma chère, que la très sérieuse Société internationale de dracontologie du lac Memphrémagog, fondée le 19 juin 1986 lors d'une conférence de presse tenue à Magog sous les drapeaux des États-Unis, du Canada, du Québec et du Vermont, détient dans ses archives les récits de pas moins de 352 personnes, certifiant avoir vu le mystérieux habitant du lac, et cela à 173 occasions.

Mais Virginie s'entête :

— Alors, c'est que ce monstre-là n'était pas Memphré, parce que mon monstre à moi, il n'aurait pas laissé

La Société internationale de dracontologie

autant de gens se vanter de l'avoir vu !

— Ah oui, et pourquoi, s'il te plaît ?

— Parce qu'il les aurait dévorés avant qu'ils commencent à parler ! On voit bien que vous n'étiez pas avec moi dans la grenouillère quand cette horrible bête a failli me manger. Rien que d'y penser, j'en deviens toute molle !

— J'y pense, Virginie, si comme tu le dis c'était dans la grenouillère que tu t'es trouvée nez à nez avec le monstre, il ne devait pas être si énorme !

— Pas si énorme !...

— Mais oui, la grenouillère n'a que quelques centimètres de profondeur, le Memphré décrit par ceux qui l'ont vu aurait été bien incapable de nager dans si peu d'eau ! Et ce ne sont pas des tiges de quenouilles qui l'auraient dérangé. Si tu veux mon avis, puisque tu lui as vu des moustaches et une grande bouche, dans une tête plus volumineuse que le corps, je crois bien savoir le nom de ce qui t'a fait si peur.

— Ce serait quoi, d'après vous ?

— Mais... une barbotte, tout simplement.

— Une barbotte !

Et Virginie rit de tout son cœur.

— Parfaitement, une barbotte. Ou si tu préfères, un silure qu'on appelle aussi poisson chat.

— À cause des moustaches ?

— À cause des moustaches, justement.

Et un poisson chat, ça peut devenir aussi gros que ça ? s'étonne ma grenouille.

Alors, je prends la peine de lui expliquer : À côté d'un minuscule têtard, une barbotte, même moyenne, doit paraître aussi grosse qu'une baleine ! Et c'est vrai que d'un bébé grenouille, ce poisson ne ferait qu'une bouchée.

— De toute façon, c'est bien ce qui a failli m'arriver et ce n'est pas pour rien que j'ai eu si peur !

— Tu en as réchappé, c'est le principal. Mais ce n'est peut-être pas la barbotte qui est le pire ennemi des bébés grenouilles. Tu as sûrement dû courir d'autres dangers !

— Oh oui ! Une fois, je prenais mon bain de soleil sur une feuille de nénuphar, quand j'ai vu arriver un oiseau complètement ridicule.

— Qu'est-ce que tu lui trouvais de ridicule ?

— Il était perché sur des pattes tellement longues... et si fines qu'il était obligé de marcher au ralenti, de peur de se les briser.

— Ce devait être un héron.

— C'est comme ça que vous appelez ce grand nigaud de mal bâti ?

— Oui. À cause de la longueur de ses pattes, on l'a classé dans la famille des échassiers, mais tu te trompes quand tu penses qu'il craignait pour la solidité de ses pattes. S'il marchait lentement, c'était pour approcher sans se faire remarquer. Le héron est très patient, c'est un spécialiste de la pêche. Tu connais la chanson :

Un seul petit poisson
c'est peu je vous assure
lorsque nous attendons
une grosse friture !

Qui donc attrapera
les poissons qu'il faudra ?

Ce ne sera pas moi
ni vous filles et gars !

C'est la cigogne
qui fera la besogne,
la grue et son
cousin héron
sur leurs échass' ils vont
pêcher comm' des champions !

Des champions peut-être, reprend Virginie, mais ce sont surtout des hypocrites. Je ne me méfiais pas, moi, et tout d'un coup, juste au dessus de ma tête, j'entends clac ! C'était le bec de cette affreuse bête qui venait de se refermer ! Un peu plus proche et j'étais coupée en deux !

Ma chère, dis-je, tu as eu beaucoup de chance, car il est très rare qu'un héron manque sa proie. Mais peut-être que celui-là avait la vue qui commençait à baisser.

— C'est bien possible, mais j'ai plongé sans me poser pareille question et je me suis tenue au fond de l'eau aussi longtemps que j'ai pu, avec juste les yeux qui sortaient de la vase.

— Et le héron, il était toujours là ? demandais-je, il me semble que tu pouvais facilement le repérer à cause de ses pattes.

— Je n'ai rien repéré du tout parce que l'eau s'est mise à faire des remous et est devenue toute trouble, même que par endroits, elle se teintait de rouge.

— De rouge ?

Virginie doit lire dans mes yeux un soupçon d'incrédulité, car elle insiste :

— Parfaitement, de rouge ! Même si vous ne voulez pas me croire !

Virginie surprise par le héron

— Je te crois, mais avoue que ce que tu racontes est très surprenant. Pourquoi l'eau devenait-elle rouge ?

Ravie d'avoir quelque chose à m'apprendre, ma petite grenouille se met alors à me décrire l'horrible drame, tel qu'il se déroula sous les yeux épouvantés de l'une de ses cousines qui se tenait non loin de là.

Au moment où le héron, détendant comme un ressort son long cou replié vers l'arrière, s'apprêtait à gober notre héroïne, un renard, tapi dans les hautes herbes de la rive, sauta brusquement sur l'oiseau, lui plantant dans le corps ses griffes et ses dents acérées. Le héron se débattait de toutes ses forces et dans la lutte, des plumes tachées de sang se répandaient un peu partout, et c'est comme ça que Virginie, cachée au fond de la grenouillère, vit que par endroit l'eau se teintait de rouge.

En somme, dis-je en guise de conclusion, si le renard n'était pas intervenu, ma pauvre, tu finissais tes jours dans le ventre d'un héron !

— Hé oui, grand-père, à bien y penser, à cause de cette espèce d'affreux volatile, je n'aurais pas pu devenir vedette au petit écran, vous vous rendez compte ? Parce que...

Mais j'interromps notre petite bavarde :

— Je sais, je sais, Virginie, mais c'est assez pour maintenant. Comment tu as été amenée à faire carrière à la télévision... c'est une autre histoire. Il faudra pour la raconter entamer un nouveau chapitre de tes aventures !

III

Virginie et la télévision

Je viens de lire à Virginie l'histoire de Cendrillon. Comme c'est la quatrième fois en deux jours, je lui fais remarquer qu'à ce rythme-là, elle va bientôt la savoir par cœur et sera capable de se la raconter à elle-même sans le secours du livre. Mais elle me répond :

— Comprenez donc, grand-père, dès que j'entends les premiers mots, ça y est ! me voilà partie avec Cendrillon. Je trouve qu'elle a eu bien de la chance !

— À la fin certainement, puisque son aventure finit bien, mais rappelle-toi le début du conte, ce ne devait pas être drôle d'avoir à subir la jalousie et la méchanceté de ses deux chipies de demi-sœurs !

— N'empêche qu'elles ont été bien attrapées !
Mais ce n'est pas ça qui me fait dire que Cendrillon a eu de la chance.

— C'est quoi, alors ?

— C'est que dans son temps, on pouvait avoir une fée comme marraine ! Une fée qui d'un coup de baguette

vous transformait une citrouille en carrosse et deux vulgai-
res rats d'égout en un magnifique attelage de chevaux ! Ce
n'est pas juste !

— Qu'est-ce qui n'est pas juste ?

— Mais qu'il n'y ait plus de fées, voyons ! Imaginez
un peu les choses extraordinaires que je pourrais faire si
l'une d'entre elles s'était penchée sur moi quand j'étais
toute petite ! Je n'aurais qu'à lui dire : *Bonne marraine,
prête-moi ta baguette une minute !* Et je vous dis qu'il y en
aurait des changements de par le monde... et ça ne
traînerait pas !

Un p'tit coup de baguette par-ci,
on ne verrait plus de misère

Un p'tit coup de baguette par-là
et on ne ferait plus la guerre !

— Oui ma chère, mais pour réussir ce miracle-là, il faudrait bien plus qu'un coup de baguette !

— Aïe, grand-père, rien n'est plus fort que la magie !

— Mais si, Virginie, il y a quelque chose de plus fort et c'est l'amour. Seul, l'amour est assez puissant pour changer la face de la terre ! C'est ce que dit la chanson de notre ami Raymond Lévesque :

Quand les hommes vivront d'amour
il n'y aura plus de misère
les soldats seront troubadours...

et Virginie, qui a déjà entendu ce refrain, de chanter avec moi : *Mais nous, nous serons morts mon frère !* Et sans même reprendre son souffle elle revient à son idée :

— C'est bien ce que je dis, c'est triste qu'on ne soit plus au temps des fées, parce que, s'il faut attendre que tout le monde se mette d'accord, on n'y arrivera jamais.

— Il suffit d'essayer, Virginie.

— Voyons, grand-père, qu'est-ce que ça donne, si on est tout seuls à se forcer ?

— Tu oublies une chose, c'est que l'amour, c'est contagieux.

Ma grenouille est si étonnée qu'elle en reste la bouche ouverte :

— Vous voulez dire que ça peut s'attraper, comme la *picotte* ?

— Oui, comme la varicelle, la grippe ou les oreillons. Mais la contagion, ça n'existe pas seulement pour ce qui est désagréable ou mauvais. Tu sauras, ma chère, que l'amour, la bonne humeur, la joie de vivre, c'est également tout ce qu'il y a de plus contagieux !

— Une chance ! Mais ça ne m'empêche pas de regretter le temps des fées.

— Et si je te disais que moi j'en connais une !

— Une fée ? au jour d'aujourd'hui ? Vous n'êtes pas sérieux !

— Mais si ! Et même, à bien y penser, tu as été encore plus gâtée par cette fée-là que Cendrillon, dans le conte, l'avait été par sa bonne marraine.

Virginie éclate de rire :

— Cette fois, grand-père, ce que vous inventez là est trop gros pour que je puisse l'avaler. Si j'avais une fée pour marraine, je serais la première à le savoir.

— Je n'invente rien, cette fée, tu la connais très bien ! Penses-y... elle est présente dans toutes les maisons... elle s'appelle ?... Veux-tu donner ta langue au chat ?

— Pas question que je donne rien au chat et surtout pas ma langue ! Mais vous dites que cette fée se trouve dans toutes les maisons ?

— Oui, Virginie.

— C'est ma marraine... et elle m'a gâtée ?

— C'est ta marraine et elle t'a comblée de cadeaux !

Ce n'est pas souvent que ça arrive, mais ma petite grenouille demeure sans voix. Elle a beau se creuser la tête, elle ne devine toujours pas où je veux en venir. Je décide donc de satisfaire sa curiosité.

— Cette fée, Virginie, ta bonne marraine, c'est la télévision.

— La télé... Grand-père, vous êtes en train de me faire marcher ! Moi qui pensais que vous étiez sérieux !

— Mais je suis très sérieux. Essaie de trouver de par le vaste monde, ailleurs que dans les livres ou la télévision, une petite grenouille qui soit non seulement capable de parler, mais qui en plus soit ventriloque, c'est-à-dire puisse reproduire toutes sortes de sons, depuis le chant du rossignol jusqu'à la sirène des pompiers en passant par la porte qui grince, la sonnerie du téléphone ou le grondement du tonnerre ?

— Et qui soit magicienne, en plus ! renchérit Virginie que l'énumération de ses talents fait se gonfler d'importance.

Puis, voyant que je souris : *c'est vrai que je suis pas mal douée,* ajoute-t-elle en baissant les yeux et en prenant une pose plus modeste.

— Hé bien, crois-tu que sans la télévision tu aurais hérité de tous ces pouvoirs ?

— Euh... non, bien sûr ! Mais ça me revient maintenant, chaque fois que je veux faire quelque chose d'extraordinaire, il faut que, sur l'air de *pomme de reinette et pomme d'api,* je chante ce petit refrain :

Ô bonne fée télévision,
fais-nous ta magie

quand on t'appelle tu réponds
la gigue don-don !

— Et la fée télévision réalise ton souhait, tout comme la marraine de Cendrillon venait en aide à sa filleule.

— Je n'avais jamais pensé à ça ! s'exclame Virginie. Sans la fée télévision, je ne serais qu'une grenouille comme les autres.

— Sans doute, mais je pourrais te faire remarquer que François-Xavier y est aussi pour quelque chose.

— François-Xavier, le cousin de Philippe ? Vous voulez dire, Gazou !

— Quand François-Xavier était encore jeune garçon, on l'avait surnommé Gazou.

— Parce qu'il gazouillait tout le temps ?

— C'est ça. As-tu songé que si un jour, Gazou ne t'avait pas attrapée dans son épuisette, et s'il ne t'avait pas apprivoisée, je ne t'aurais pas connue ?...

— C'est pourtant vrai ! Ma rencontre avec Gazou, a été un des moments les plus importants de ma vie. Je m'en souviens très bien, tout comme si c'était encore en train d'arriver.

C'était la nuit, une nuit remplie d'étoiles. Il y avait déjà plusieurs jours que j'avais quitté la grenouillère toute grouillante de bébés têtards. Je m'étais fait un ami, et tous les deux, on a eu le goût de vivre notre vie. Vous me comprenez, grand-père ?

— Bien sûr, il s'appelait comment, déjà, l'élu de ton cœur ?

— Valentin, c'était le plus beau, le plus fin, le plus...

48

Scène d'amour entre Virginie et Valentin

— Un vrai prince charmant, quoi !

— En plein ça ! Alors, en remontant vers le petit lac que monsieur Taylor avait sur son terrain, juste avant que commence la forêt...

— Tu connaissais cet endroit ?

— Non, mais c'est là que Valentin est né et il voulait me le faire découvrir.

Ce que Virginie appelle un petit lac est en réalité un étang artificiel, entouré de magnifiques saules, un coin très tranquille où, à la barre du jour, les chevreuils se donnent rendez-vous pour venir boire.

— Pas si tranquille que ça, rectifie ma grenouille ! Figurez-vous que tout au bord, dans un trou entre deux roches, une affreuse couleuvre avait fait sa maison. Mais nous, on ne le savait pas. On s'amusait à gober des lucioles, et chaque fois qu'on en attrapait une, on faisait un vœu. C'était tellement passionnant !

— Si passionnant, je suppose, que vous n'avez pas vu venir la couleuvre.

— Exactement ! On ne se méfiait pas et c'est moi, qui, tout d'un coup ai aperçu le monstre qui s'approchait de Valentin, la bouche grande ouverte pour le dévorer. Les yeux de la bête étaient si effrayants que j'étais comme paralysée de frayeur. Je ne pouvais plus ni bouger ni parler, et en même temps, je me disais : Il faut que tu fasses quelque chose ! Virginie, crie, transforme-toi en n'importe quoi de terrible ! Il faut que ce serpent ait la peur de sa vie et qu'il se sauve sans demander son reste !

— Et alors, qu'est-ce qui est arrivé ?

— Ce qui est arrivé ? J'ai fait un tel effort pour produire un son, que lorsque ma gorge, tout d'un coup, s'est débloquée, on a entendu le plus puissant coup de klaxon qui ait jamais résonné sur la terre. Je suis sûre que les trompettes de Jéricho qui ont fait s'écrouler les remparts de la ville n'ont pas fait un vacarme plus terrible !

— Je suppose que cette formidable diversion a dû rompre le charme qui te tenait incapable de bouger ?

— Oh oui, la couleuvre a disparu en sifflant et Valentin a fait un saut qui l'a catapulté jusque sur l'autre

50

bord. Puis s'est fait un grand silence parce que le concert des grenouilles s'est arrêté net. C'est bien simple, tout le monde a cru que c'était l'annonce du jugement dernier.

— Après avoir échappé à un si grand danger, j'imagine que Valentin et toi avez jugé bon de changer de quartier ?

— Oui, et ça n'a pas traîné. Comme il y avait tout près un grand champ où le gazon avait été tondu, on s'est dit que si un ennemi voulait nous surprendre, il n'aurait rien pour se cacher et on le verrait venir. On a décidé d'y passer le reste de la nuit.

— Et c'est comme ça que, sans le savoir, vous avez passé une partie de votre voyage de noces sur mon terrain.

— Oui, mais là, une autre aventure nous attendait. *J'entends un bruit d'eau*, me dit Valentin. Il faut vous dire que pour nous autres, grenouilles, un bruit d'eau, c'est la promesse du paradis. Nous nous sommes donc approchés pour voir, mais là, un mur nous a arrêtés.

L'eau était derrière, c'est certain, mais le mur était bien trop haut pour qu'on puisse sauter. Il aurait fallu être comme nos cousines, les rainettes, qui ont des ventouses au bout des doigts et qui peuvent, grâce à ça, grimper dans les arbres ou même le long des carreaux d'une fenêtre. Mais nous n'avions pas de ventouses, et nous nous demandions comment faire.

C'est là que nous avons découvert l'escalier. Sept marches, sept bonds : hop, hop, hop, hop, hop, hop... et hop ! Puis nous voilà sur le rebord d'un petit lac tout rond. L'eau était si claire ! plus claire que celle de la claire fontaine ! Une merveille ! Les étoiles et la lune qui venaient

Prisonnières dans le filtre de la piscine

de se lever se miraient dedans. *Je vais les chercher et je les enfilerai pour t'en faire un collier,* me dit Valentin qui a toujours des idées charmantes. Et il plongea. Je le suivis... Ah grand-père, je n'aurais jamais cru qu'il pouvait exister une eau avec une odeur et un goût aussi désagréable !

— C'est que tu ne t'étais jamais baignée dans l'eau d'une piscine, ma chère. Ce que tu trouvais si détestable, c'était le chlore qu'on y déverse pour tuer les microbes et pour la garder limpide.

— Oui ? Hé bien, moi, je pense qu'il n'y a que des humains pour se tremper là-dedans sans mourir ! Pour essayer de se tirer de là, on a nagé, on a nagé, mais impossible de sortir : le rebord était très glissant et trop haut. Tout d'un coup, Valentin qui allait devant me cria : *Viens vite, ça y est, j'ai trouvé la porte !* Toute heureuse, je le suivis... et, pauvres de nous, catastrophe !...

— Vous vous retrouvez prisonniers dans le filtre !

— Un vrai piège, grand-père ! Pas moyen de revenir en arrière : une espèce de trappe ne permettait de passer que dans un seul sens, et une grille empêchait de suivre le courant vers la sortie !

— Heureusement qu'il y avait cette grille, car ce que tu prenais pour la sortie, c'était le conduit qui amène l'eau vers une pompe. Une fois pris dans ce tourbillon, ton ami et toi, vous vous seriez sûrement noyés, aussi vaillantes grenouilles que vous êtes !

— Alors, grand-père, si je comprends bien, en nous tirant de là, Gazou nous a sauvé la vie !

Hé oui ! Comme souvent quand je suis en voyage, c'est lui qui se charge de nettoyer le filtre de la piscine.

— N'empêche que je lui en ai voulu pendant un bon bout de temps.

— De t'avoir sauvé la vie ?

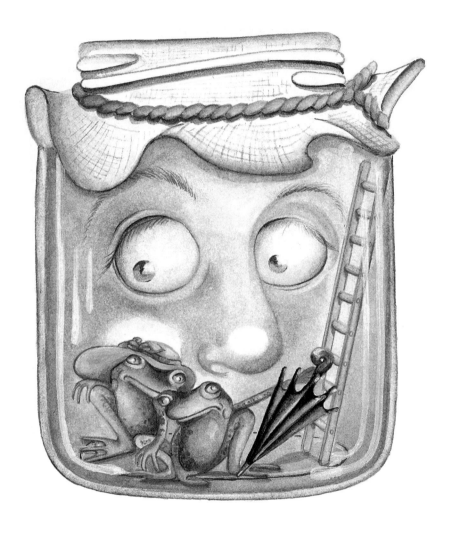

Grenouilles météorologues

— Mais non, voyons ! Je lui en ai voulu de nous avoir gardés dans un bocal au lieu de nous rendre la liberté. Cette idée, aussi, de vouloir nous faire annoncer la pluie ou le soleil en nous présentant les barreaux d'une petite échelle ! Ce n'était pas un jeu très amusant ! Et il nous traînait toujours avec lui partout où il allait... et il nous présentait à des gens qui ne nous intéressaient pas du tout. Des fois, j'aurais préféré qu'il nous aime un peu moins.

— Je comprends ce que tu veux dire, nous avons parfois une façon un peu égoïste de montrer notre affection. Maintenant, est-ce que tu lui en veux toujours ?

— Oh non ! Et puis, je me dis que s'il ne nous avait pas retenus quelque temps dans notre bocal, on n'aurait pas été là quand vous êtes rentré de voyage et nous n'aurions pas pu faire connaissance. Vous vous rendez compte, grand-père, vous ne m'auriez pas choisie pour faire un personnage au petit écran ! Alors, comme vous le dites si bien, c'est vraiment la télévision qui est ma marraine ! Dans ce cas-là, Gazou est mon parrain et vous, naturellement... vous êtes mon grand-père !

Et après une seconde d'intense réflexion, en prenant cet air câlin qui la rend irrésistible, ma petite grenouille ajoute :

— C'est bien simple, vous êtes notre grand-père, le grand-père en or de tout le monde !

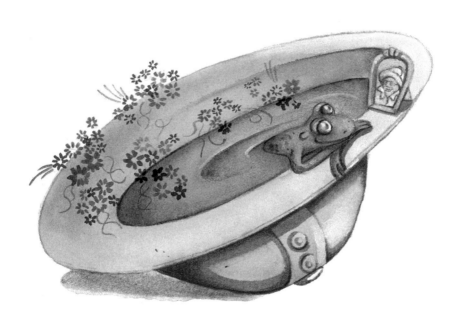

« *Vous êtes le grand-père en or de tout le monde.* »

TABLE DES MATIÈRES

Les contes de ma grenouille

fait partie de la collection

RÊVES À CONTER

avec

Petites histoires peut-être vraies
tome I

Petites histoires peut-être vraies
tome II

ACHEVÉ D'IMPRIMER
CHEZ
MARC VEILLEUX,
IMPRIMEUR À BOUCHERVILLE,
EN JUILLET MIL NEUF CENT QUATRE-VINGT-QUINZE